GEORGINA DRITSOS

Dirección de proyecto editorial: Cristina Alemany
Dirección de proyecto gráfico: Trini Vergara
Dirección de arte: Paula Fernández
Diseño: Marianela Acuña
Colaboración editorial: Nancy Boufflet

© 2014 Georgina Dritsos
© 2014 V&R Editoras
www.vreditoras.com

Argentina: San Martín 969 10º (C1004AAS), Buenos Aires
Tel./Fax: (5411) 5352-9444 y rotativas
e-mail: editorial@vreditoras.com

México: Av. Tamaulipas 145, Colonia Hipódromo Condesa,
CP 06170, Delegación Cuauhtémoc, México D. F.
Tel./Fax: (5255) 5220-6620/6621 • 01800-543-4995
e-mail: editoras@vergarariba.com.mx

ISBN 978-987-612-818-6

Impreso en México, julio de 2014
Litográfica Ingramex, S.A. de C.V.

Dritsos, Georgina
S.O.S. Tengo mi primera cita. - 1a ed.
Ciudad Autónoma de Buenos Aires: V&R, 2014.
80 p.; 14x21 cm.

ISBN 978-987-612-818-6

1. Superación Personal. I. Título
CDD 158.1

GEORGINA DRITSOS

S.O.S.
tengo

MI PRIMERA

cita

V&R
EDITORAS

A SERGIO, MI MEJOR CITA.
A MIS PADRES, MARTA Y JUAN.
A NICOLE, IAN, CAMILA, JOSEFINA Y MATÍAS.

La previa

Sin duda, una de las cosas más lindas de ser una chica es prepararse, ponerse bonita para LA cita con ÉL (es decir, con el chico que te gusta). En tu cabeza, seguramente ya te imaginas eligiendo la ropa que lucirás para el encuentro, peinándote de esa manera especial que tan bien te queda, decidiendo qué perfume usar, cómo maquillarte, realizando todos los rituales previos que requiere semejante acontecimiento... Pero...

¡ATENCIÓN! Hay varias cosas que hay que hacer sí o sí antes del esperado encuentro. Repasarlas nunca está de más. Por ejemplo, avisarles a tus padres adónde y con quién vas (y pedirles permiso). Tener paciencia para el **interrogatorio, casi policial,** que seguirá a tu anuncio, en el que no faltarán preguntas y comentarios como: ¿qué edad tiene ese chico? ¿No es muy grande/pequeño para ti? ¿Adónde van a ir? ¿No quieres que te esperemos en algún lugar cercano por si nos necesitas?

El interrogatorio

Tu mamá: –¿Y ya sabes qué te vas a poner?

Tu papá: –¡Ponte cualquier cosa menos una de tus minifaldas si no, no te dejo salir!

Tu hermano mayor: –¡A ese lo conozco, es un agrandado, un inútil! (sí, resulta que tu adorado hermano se acordó ¡justo ahora! de que era celoso, no podía ser mañana, o haber sido ayer, tiene que ser ¡jus-to-a-ho-ra!... Oooommmmm...).

Pablo, un candidato que NO te gusta (que llama en el medio de la charla, lo atiende tu hermano menor que deja descolgado el aparato, y entonces escucha toda la discusión familiar y piensa): –¡Tengo que prestar atención así sé adónde van y me aparezco en el lugar a espiarlos!

Tu mamá: –No me importa lo que digas, ¡yo te voy a acompañar, porque eres muy pequeña para salir sola con hombres!

Tu papá: –¡Ah! Y no te olvides de decirle a ese inútil que soy cinturón negro de karate (papi no hace karate desde los 18 años, ¡pero está convencido de que es el mejor karateca del planeta!).

Tu hermano mayor: −Yo te llevo en el auto de papá y te espero afuera por cualquier cosa.

Tu hermana mayor (que justo acaba de llegar y se empapó de la discusión familiar en un segundo): −Solo quiero recordarles que a mí me dejaron salir en una cita recién a los 18 años. (¡¿What?!).

Y como si esto fuera poco, la abuela asoma desde la cocina para decir lo suyo: −Querida, pensar que a tu edad yo lo conocí al abuelo. Mira si te terminas casando con este chico, tan guapo y educado que es, este Pablito (¡Noooo, Nona! Pablo es el vecino pesado que me persigue desde los cinco años, este chico se llama Santiago... Ommm bisssss...).

Puede que esta no sea tu historia ni tu familia, pero sirve para referirnos con humor y buena vibra, a lo que a veces ocurre, entre tú y tu entorno, cuando tienes una primera cita.

Decíamos, entonces, que tienes que estar preparada para tolerar toda esta tragicomedia, armarte de paciencia, y entender que para los padres es difícil ver crecer a sus hijos y es parte de su función asegurarse de que no saldrás con el chico equivocado. En ese intento por evitar que te confundas, se van a meter en tu vida, a veces inclusive más de lo que te gustaría, pero como dijimos: protegerte es parte de su tarea como padres.

Si consigues salir airosa de esta exigente prueba a tu tolerancia y no estrangulas a ninguno de tus hermanos en el intento, lo que sigue es:

* prometes a tu papá que te pondrás una falda "adecuada",

* a tu mamá la convences de que realmente no es necesario que te acompañe,

* a tu hermano le juras que "no, el chico, que se llama Santiago, no es inútil, ni agrandado",

* a tu hermana la dejas para más tarde,

* a Pablo, el pesado, no le dices nada porque nunca te enteraste de que fue testigo de la tragicomedia familiar, y

* a tu Nona, tampoco, porque ya se olvidó de todo... Entonces, el primer paso para llegar tranquila a tu primera cita está dado. ¡Estás en camino a verlo, cara a cara, los dos solos por primera vez! ¡Qué nervios!

Fashionista, formal, casual, deportiva...

¡¡¿¿QUÉÉÉ ME PONGO??!!!

Contenta con el sí obtenido con tanto esfuerzo, corres a tu habitación, le cierras la puerta en las narices a tu hermana

(¡la muy desalmada ahora quiere hacerse la amiga!), y abres tu armario a ver qué encuentras allí.

Lo primero que llama tu atención es una bolsa gigante y frenéticamente cerrada con cinta adhesiva. No recuerdas qué hay dentro, así que la abres: es tu colección de peluches que atesoras desde niña y que seguramente tu mamá se encargó de meter allí para salvarla de las polillas. Aunque sabes que no tienes tiempo que perder, no resistes la tentación de abrirla y de sacar cada uno de los peluches que tanto te han acompañado durante tu infancia. La colección consta de siete muñecos de Mickey de distintas formas y tamaños, uno de Minnie al que le faltan los ojos porque se los arrancó tu perro, un Homero Simpson desnudo porque tu hermanito decidió que no le gustaba su ropa, media docena de osos, un conejito con el que dormías de bebé, una mona, un monito y un pato color café. Los miras con nostalgia durante unos minutos, los vuelves a guardar y dejas la bolsa a un costado.

Luego sacas un bolso deportivo en el que tampoco recuerdas qué hay. Hasta que lo abres y un intenso mal olor te refresca la memoria: es la ropa deportiva que te olvidaste de lavar. La cierras rápidamente, ya te encargarás de eso en otro momento.

¡Pero basta de distracciones! Enfocada en definir qué te pones, revisas una a una la ropa colgada en las perchas, y separas siete prendas que te gustan y estás segura de que te favorecen (siempre que las usas, recibes comentarios positivos).

* La micro mini fucsia.

* Una camiseta negra con flecos.

* Un jean (que no estás segura de que te cierre).

* Un pantalón blanco.

* Un pantalón negro ajustado.

* Una camisa escocesa.

* Un vestido floreado de tu hermana mayor (ishhh!).

Luego de revisar también la ropa tirada por allí, rescatas otras tres posibilidades: una mini de jean, una blusa de algodón y encaje, y un top turquesa.

La búsqueda de ropa ha salido mucho mejor de lo que esperabas, lo cual tomas como un buen presagio para la cita.

Ya tendrás tiempo de probarte todo a ver qué te queda mejor o de convencer a tu mamá, o mejor aún a tu tía, que es más desprendida con el dinero, de ir juntas al shopping... supuestamente para cambiar ese regalo que le hicieron y no le gustó... aunque en realidad vas a ir a ver si encuentras algún otro *outfit*. Si eso ocurriera, te lo probarás, pondrás cara de perro triste, para ver si así logras convencer a tu tía (o madre, o abuela) de que te compre ese conjunto que tanto te ha gustado...

Miedito

Luego de mandarles fotos de los tres conjuntos que preseleccionaste a tus dos mejores amigas, hay un voto unánime: el *outfit* ganador es el pantalón negro ajustado con la blusa de algodón y encaje.

¡Excelente! Encontraste la ropa adecuada para la salida, ahora solo te falta elegir los accesorios (te decides por un par de aretes *hippie chic* que te prestó tu mamá, un brazalete que es el favorito de tu hermana, ¡shhh!, y tu enorme reloj color fucsia, porque es EL color que está de moda), y decidir cómo te maquillarás y peinarás.

Todavía faltan varias horas para la cita, no hay ninguna prisa. La casa está tranquila, pero en tu interior estás muerta de miedo, nerviosa, alterada. Tu cabeza es un torbellino de pensamientos, de inseguridades. No puedes evitar pensar: ¿y si algo sale mal? ¿Si no lo paso bien con él? ¿Y si no me gusta? ¿O si no le gusto y me deja plantada en el medio de la cita? O peor aún: ¿si ni siquiera viene a buscarme? ¡¡¡Socorroooo!!!

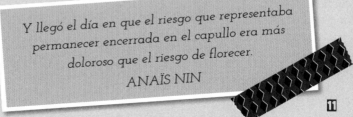

Y llegó el día en que el riesgo que representaba permanecer encerrada en el capullo era más doloroso que el riesgo de florecer.

ANAÏS NIN

Arriesgarse

Vamos por partes: toda cita es un "riesgo", en el sentido de que puede salir bien, mal, o ser simplemente un momento más que pasa sin pena ni gloria en tu vida. Si una no se quiere "arriesgar", es decir, exponerse, más vale quedarse en casa, donde no te "arriesgarás" a que alguien te deje plantada, o a pasar un rato con un chico que, quizá, finalmente no te interese, entre otras situaciones posibles... pero tampoco vivirás la vida como se supone que hay que hacerlo: viviéndola a pleno. Como dice el dicho: "el que no arriesga no gana".

Pasar de ser una niña mimada, una pequeña cuidada por los padres, a ser una señorita, una teen, adolescente o como quieras llamarlo, no es sencillo porque no hay reglas estrictas que indiquen cómo una debe comportarse en cada etapa de la vida. Cuando ya no se es una niña, poco a poco empiezas a tomar tus propias decisiones, pero eso es justamente lo que tiene de encantador y desafiante esta etapa de la vida, en la cual, entre otras cosas, te empiezas a dar cuenta de que los chicos, que antes te parecían seres sin ningún tipo de interés ni atractivo, de repente ¡oh! te empiezan a gustar, a atraer, a interesar. No te inquietes: es normal que ocurra. Cuando admites que esto es así, el segundo paso es, de a poco, empezar a relacionarte con ellos. Salidas conjuntas con amigos, fiestas, reuniones, chats... pero todavía quieres más y eso significa que estás preparada para las citas.

Una cita es una oportunidad de conocer a solas a un chico que te gusta. Es una ocasión para conversar, para descubrir cómo es el otro, qué le interesa y qué no, qué lo hace reír, cómo se comporta a solas contigo, y así sucesivamente. También, claro, es una oportunidad para que el otro te descubra a ti.

Un poco de historia

Si bien hace muchos años las citas eran todo un acontecimiento y un paso obligado y necesario para el conocimiento entre chicos y chicas, desde un tiempo a esta parte ya no es tan así. Con el uso de la tecnología, por ejemplo, ahora una etapa previa de la cita, que también es una forma de conocerse y de comunicarse, es el chat, el intercambio de fotos, videos, conversaciones a través de redes sociales y celulares. Esta forma de relacionarse es relativamente nueva, pero en la época de tus abuelos y antes, de tus bisabuelos, las cosas eran muuuuy distintas. Inclusive en la época de tus padres, hombres y mujeres se conocían de otras maneras que no eran "virtuales".

¿Sabías que a comienzos del siglo XX, cuando un chico gustaba de una chica era costumbre que fuera a visitarla a su casa? Eran otros tiempos, muy diferentes a los de ahora, y con pautas de conducta mucho más rígidas. En aquellos años, cuando el varón se atrevía a ir a visitar a la chica, en todo momento los acompañaba un adulto mayor que era una especie de *chaperón*, un supervisor que no perdía pisada de los dos tortolitos. Podía ser la madre de ella, la tía, la hermana mayor, la abuela... ¡O ambos padres! En esos años, las citas eran el período de tiempo que dos personas pasaban juntas para conocerse, antes del matrimonio. Por eso eran tan importantes. Algo muy distinto a lo que ocurre ahora, ya que dos personas pueden salir en varias citas pero no necesariamente iniciar un noviazgo o casarse luego.

Como decíamos, la figura del chaperón era crucial, porque era costumbre que las madres acompañaran a sus hijas a los bailes y otras reuniones. Entonces, el candidato en cuestión tenía que ingeniárselas para caerle en gracia a la señora, y atreverse, frente a ella, a sacar a bailar a su hija.

Pregunta a tus abuelos cómo eran las citas en su época. ¿Y qué hay de tus padres? ¿Alguna vez te contaron cómo fue su primera cita? ¿Tu padre invitó formalmente a tu madre como se solía hacer hace no tanto tiempo? ¿Adónde fueron? ¿Cómo lo pasaron? Y tus abuelos, ¿cómo se conocieron?

Ve y averigua. Conocer las historias de otros te puede inspirar a vivir la tuya y, de paso, ayudarte también a relajarte y disfrutar de esta nueva etapa en la que empiezas a salir con varones.

ELLOS:

sus miedos, inseguridades y conductas

Antes de retomar el tema de las citas, hablemos un poco de los chicos. Quizá tú creas que solo las chicas tienen miedos, inseguridades, temor a ser rechazadas, a hacer el ridículo y todos esos sentimientos negativos que todas alguna vez sienten, más aún cuando todavía no tienen demasiada experiencia en relacionarse con ellos. Pero no es así. Los varones también tienen sus propios miedos, inseguridades y conductas que vale la pena conocer. Veamos...

Miedo al rechazo. Históricamente el hombre es el que invita a salir a la mujer. Ellos crecen con esta idea en la cabeza (así se lo han enseñado en su casa), y por eso son los que suelen dar el primer paso. Esto que parece tan fácil no lo es: por más que él se atreva a proponer una salida, no siempre va a recibir una respuesta positiva del otro lado. El temor a ser rechazados es lo que muchas veces los lleva a no animarse a invitar a una chica. Lo positivo es que con los años, estas costumbres se han flexibilizado, y ahora también nosotras podemos animarnos a dar el primer paso. Pero cuidado, ellos no siempre disfrutan de que llevemos la delantera por lo tanto, de hacerlo, también nos exponemos a ser rechazadas. Lo importante cuando recibimos un "no" a una propuesta, es entender que en el universo de las citas esto puede ocurrir, así son las reglas del juego, y no es el fin del mundo.

Inseguridades. El acné, los primeros pelitos que empiezan a salirles en la cara, la voz que empieza a cambiarles, la torpeza de su cuerpo que está en plena metamorfosis, hasta que finalmente se convierta en el cuerpo de un hombre... todos estos motivos, tanto juntos como por separado, los pueden hacer sentir mal con su imagen corporal, tornarlos inseguros. Algo muy parecido nos ocurre a nosotras: los cambios corporales, la aparición de pelitos en todo el cuerpo, el desarrollo de los pechos, la llegada de la primera menstruación, todos estos son cambios que, de a poco, vamos aceptando, pero que al comienzo nos resultan raros y nos hacen sentir inseguras.

Temor a hacer el ridículo. El miedo a ser motivo de burla entre sus amigos, conocidos o familiares, o a que la chica en cuestión se ría a sus espaldas (o en la cara), puede ser tan grande que los paralice.

A parecer un tonto. Él puede tener miedo a que ellas piensen que lo que dice es una tontería, a que sus historias, sus opiniones, no tengan sentido ni valor alguno.

A decir lo que piensan y lo que sienten. No siempre es fácil saber qué le pasa por la cabeza a un chico, porque en su mayoría son callados, y hasta podrían parecer misteriosos sin proponérselo. Les cuesta expresar sus sentimientos porque, como te ocurre también a ti, no siempre saben qué les pasa, qué sienten. Pueden estar enamorados de una chica y quizá nadie de su entorno lo sepa... ¡Ni siquiera la chica misma! Así de callados y cerrados pueden ser.

A mostrarse cómo realmente son. Quizá sean tímidos y muy distintos en persona que como aparentan ser en los mensajitos. Muchos parecen muy lanzados, muy seguros y cool porque te escriben cosas bonitas, inteligentes, divertidas y las lees con una sonrisa cuando las recibes en tu celular, en el chat, etc. Pero en la vida real, fuera de las pantallas y ahora sí, cara a cara, no te sorprendas si te parece tímido, no siempre es fácil decir las cosas frente al otro. Por eso, muchos se esconden detrás de las teclas del celular o de la computadora para decir lo que sienten, y de este modo, evitan decirlo personalmente.

Necesidad de impresionarnos. Puedes notar que él está haciendo todo lo posible por impresionarte. Ejemplo: si tiene un auto, seguramente querrá pasar a buscarte en él. Si es un as del deporte querrá que lo sepas. Si se ganó un premio, por más insignificante que sea, se encargará de decírtelo. Todo esto es lógico: está desplegando sus dotes de seducción para causarte una buena impresión.

A mostrar que es novato en el tema citas.
Quizás él tenga tan poca experiencia como tú en las salidas de a dos. Pero no por eso te lo va a decir abiertamente. Es más probable que se comporte como si supiera mucho más sobre el tema que tú, para no mostrar su punto débil.

Tipos de chicos

"Cada persona es única e irrepetible." Esto es muy cierto, pero hay ciertos gustos y características que pueden ser comunes en los chicos. A grandes rasgos, podemos encontrar los siguientes tipos de varones:

El deportista. Vive por y para el deporte. Ya sea fútbol, básquet, natación, vóley, tenis, ciclismo... Este es un chico dotado para la actividad física y probablemente pase la mayor parte de su semana compitiendo en su deporte favorito o en varios. Suele usar ropa sport –¡por supuesto!–, gorras, calzado deportivo, y siempre anda chequeando el resultado del equipo del que es fanático. Si lo quieres encontrar, debes ir a buscarlo al campo de juego.

El intelectual. En general lleva lentes, y anda con un par de libros encima y un cuaderno, donde escribe sus ideas. Además, sabe todo sobre los próximos lanzamientos de libros y de films, y está actualizado sobre todo tipo de eventos culturales. Le huye a las películas comerciales como si fueran la plaga misma, y en televisión solo mira documentales y cine arte. Suele participar de diversas actividades acordes con sus gustos, como clubes de lectura, estrenos y ciclos de cine, grupos de debate, foros de discusión y conferencias, entre otras cosas. Detesta a la gente que no lee, porque lo considera, casi, casi, una ofensa personal.

El mujeriego. Es raro encontrarlo solo, primero porque no disfruta de la soledad en ninguna de sus formas, y segundo, porque es un experto de la conquista y la seducción, por lo tanto, siempre goza de la compañía de alguna chica. Como buen mujeriego que es, no le gustan los compromisos y apenas una relación se torna demasiado seria, ya está dando vuelta la página, en busca de una nueva conquista.

El *geek*. ¿Necesitas el nuevo programa para retocar fotos? Él lo tiene. ¿La filmadora más nueva en el mercado? Él la tiene. El último iPhone, por supuesto, ¡él lo tiene también! Si no te molesta que esté siempre probando/jugando con sus nuevos aparatitos, si la tecnología es una pasión compartida, entonces, sí, puede ser el ideal para ti.

El *nerd*. Suele tener en común con el *geek* su gran amor por la tecnología. Pero el *nerd* puede ser considerado tal, por ser un "tragalibros", es decir, un chico estudioso al que siempre le va bien en lo académico, pero es un desastre para los deportes y también en el terreno social y amoroso. Automarginado o marginado por sus pares, pasa mucho tiempo en soledad o en la compañía de otros *nerds*. En general, tienen un gran corazón y son muy buenos novios. Dato para tener en cuenta.

El metrosexual. Tiene un armario con tantos pantalones, chaquetas, camisetas y zapatos, que parece más el de una chica *fashionista* que el de un varón. En su baño, llaman la atención los perfumes y las cremas con las que cuida su cuerpo y rostro. Los más extremos, hasta pueden someterse a arduas sesiones de depilación y saber más sobre tratamientos de belleza que tú y tus amigas juntas.

El manipulador. Es de esos chicos que hacen drama, que montan un berrinche por cualquier cosa. En el fondo, lo que quiere es manejarte, pero como no lo dice de frente, hace escenas dignas de una telenovela. Si te llama un compañero de escuela, te hará un escándalo, porque además suele ser posesivo y celoso. Si tus amigas te van a visitar de sorpresa y justo estabas a solas con él y te tiene que compartir con ellas, prepárate: otra vez llegó la hora del drama. Si no haces las cosas a su manera, se quejará y en voz alta. No apto para chicas con personalidad fuerte.

El histérico. Para salir con un chico de este grupo, hay que armarse de paciencia, de infinita paciencia. Nunca se sabe qué esperar de él, porque por momentos parece estar enamorado de ti y por momentos parece que le fueras totalmente indiferente. Hace una semana te llamaba compulsivamente y hablaban durante horas, pero desde hace un par de días, lo llamas y ni siquiera te atiende el teléfono. Probablemente sea así de indescifrable con todas las chicas, a quienes logra confundir tanto como a ti. Si la paciencia es tu fuerte, entonces sí. Si no lo es, huye como el vampiro del ajo.

El glotón. ¿Disfrutas de la buena mesa? ¿Te destacas en la cocina? ¿Eres de las que andan siempre con galletitas, chocolates u otras cosas ricas en la cartera? Si la respuesta a estas preguntas es afirmativa, este puede ser tu chico ideal, ya que su programa favorito es el mismo que el tuyo: comer, en todas sus formas y situaciones. Si salen juntos, seguramente te llevará a cenar a buenos restaurantes o te preparará recetas distintas y únicas para deleitar tu paladar. No apto para chicas que viven a dieta.

El depresivo. Se queja de todo y de todos. Es híper sensible y todo lo afecta... ¡para mal! Le propones ir al cine, pero prefiere quedarse en su casa, porque no está de buen ánimo. Se pelea con su mejor amigo y decide encerrarse todo el día en su casa y desconectar el teléfono. Se pelea contigo y te llora por chat y decide no salir de su casa... ¡los siguientes siete días! Ya probó de ir a varios psicólogos, pero ninguno lo entiende... "Run Forrest, run!" *

*Frase de la película **Forrest Gump**.

El niño de mamá. Su madre es, en mayor o menor medida, el centro de su universo. Claro que esto no lo mostrará abiertamente, por lo menos no al comienzo. Pero ese celular —el suyo— que recibe constantemente SMS es la primera pauta. No son mensajes de una chica, sino de una señora que no le pierde pisada... adivinaste, la que lo mata a mensajes es ¡su señora madre! En síntesis, tiene con ella ese tipo de relación simbiótica, donde se cuentan todo, y parece más su mejor amiga/novia que una madre. Si eso no te molesta, entonces... ¡ve por él! Y prepárate para que su mamá sea tu mejor amiga, se meta entre ustedes dos y sepa todo de ti también...

El materialista. Está más interesado en conocer tu situación financiera y la de tu familia, que en cualquier otra cosa que le puedas decir. Ya sabe que va a estudiar Administración de Empresas o alguna otra carrera similar, porque es una profesión rentable, y ya se vislumbra, a futuro, contando muchos billetes. Él no entiende a los que trabajan *ad honorem* en causas como la conservación del medio ambiente. Desde pequeño maneja su dinero y siempre está detrás de un nuevo negocio.

El musical. Desde chico, toca varios instrumentos y su habitación parece más un estudio de grabación que un cuarto. Entre consolas de sonido, instrumentos, reproductores de MP3, y cds, se destacan también pósters con sus ídolos musicales. Puede ser que no toque ningún instrumento, pero igual ama la música y le dedica mucho tiempo. Es de los que no perdonan (ni se interesan) por las chicas que no tienen buen gusto musical o conocimientos de personajes clave de la historia del rock y del pop, como los Beatles, los Rolling Stones, Elvis Presley y Jimi Hendrix, entre otros.

El que sigue enamorado de la ex. En general este chico muestra, rápidamente, que su corazón sigue siendo de su ex novia. Ejemplos: dice al pasar que la camisa que lleva es un regalo de ella, sigue recibiendo llamados y mensajes de ella y/o cuenta, con alegría, anécdotas de su etapa de noviazgo. Lo peor es que hasta puede confundirse y llamarte por su nombre en lugar del tuyo... Es sencillo: aunque diga lo contrario, lo cierto es que por ahora y por un largo tiempo más, no está abierto a conocer a otras mujeres. Olvídalo: no es el indicado para ti.

El niño malo. Con ese aire inalcanzable, ese aura de soledad, de misterio, suele ser uno de los más perseguidos por ellas. Encantador al principio, puede llegar a ser dulce, seductor, y hasta parecer todo un caballero. Pero cuidado: también es de los que conquista y, cuando la chica está interesada, comienzan los problemas. Es de lo que dicen que van a un lugar, una cita importante (tu cumpleaños, por ejemplo) pero luego no aparece. Puede decirte que eres importante para él, inclusive hacerte creer que es el novio ideal, pero cuando lo necesitas, no siempre estará. Hasta puede convencerte de que te ama... pero en poco tiempo demostrará que sus sentimientos son frágiles, infantiles, irreales, y en el camino, claro, te hará sufrir. Si te cruzas con uno de estos especímenes, ¡no te detengas ni un segundo!

El formal y conservador. En algunos aspectos, puede parecer mucho más grande de lo que es, ya que tiene conductas que hoy cayeron en desuso entre los más jóvenes. Te va a invitar "formalmente" a salir, va a ser muy caballero contigo, te abrirá la puerta cada vez que pueda, no va a permitirte pagar nada e inclusive, puede ser que insista en conocer a tu familia antes de salir juntos. Hasta se puede aparecer en tu casa con flores para ti y para tu mamá, y vestido de manera muy formal, que es su look más habitual. Causa una buena impresión justamente por ser un caballero, pero a algunas chicas les puede parecer algo aburrido porque no es de esos que te van a proponer un plan loco, fuera de lo común, sino más bien todo lo contrario.

El histriónico. Es de esas personas que adoran llamar la atención, ser el foco, siempre. Le encanta mostrar sus dotes de buen orador o actorales o para el canto; cualquier excusa será buena para monopolizar la charla, la cena, la reunión. Si estás a su lado tienes que saber que siempre permanecerás bajo su sombra, en un segundo plano.

El *friki*. Es considerado un ser extravagante, llamativo, fuera de lo común, un verdadero "tipo raro" –lo sea o no– en general, en relación a sus gustos y fanatismos. El más extremo es aquel que hace de su afición una obsesión sobre la cual gira toda su vida. Por ejemplo: al que solo le interesan los juegos de rol, o todo lo que tiene que ver con el terror o el manga, y así con diversos temas que se convierten en el centro de su universo. En ese punto es parecido al *geek*, mencionado antes. Sin embargo, el término *friki* hoy se utiliza de forma más amplia y se suele aplicar a gente introvertida, rara, fuera de lo común, no necesariamente mejores ni peores que otros chicos, sino muy distintos a la mayoría de los varones. Una salida con un *friki* puede ser divertida o aburrida, si solo se la pasa hablando del tema que lo obsesiona a él, pero a ti no te interesa para nada. En general eso no ocurre, porque prefieren salir con chicas con gustos afines.

¿Cómo saber si le gustas o no?

Cuando nos interesa un chico, no podemos parar de pensar en él ni por un segundo. Cuando no lo vemos, nos imaginamos cómo será su vida, nos preguntamos qué estará haciendo, qué estará pensando y particularmente nos asalta, en todo momento y en todo lugar, una duda cruel, existencial: ¿gustará de mí?

¡ATENCIÓN! A no desesperar, que hay algunas formas de leer su comportamiento, de entenderlo como para darnos cuenta si tiene interés, si le gustamos, si no le somos indiferentes. Y estos intentos por averiguar qué le pasa al otro son uno de los aspectos más divertidos de estos primeros pasos en el mundo de ellos. Queremos saber qué le generamos, pero al mismo tiempo no queremos ni pensar en que una posibilidad es que no le pase nada, que no le atraigamos. Pero siempre es mejor saber, contar con la información necesaria y si del otro lado no hay interés, habrá que enfocarse en otro/s. Mientras tanto, prepárate para largas horas de conversaciones y chats con tus amigas al respecto, para completar todo tipo de tests (como los que verás a partir de la página 55), y consultar todos los horóscopos del amor que caigan en tus manos.

Señales que dan ellos

♥ **Piropos.** Cuando te hace cumplidos, cuando te dice que estás linda o que la ropa te queda bien, o te halaga por algún logro en la escuela, por ejemplo, es una forma de demostrarte que le interesas.

♥ **Caballerosidad.** ¿Te abre la puerta cada vez que tiene la ocasión? ¿Te ofrece su chaqueta si tienes frío? ¿Insiste en pagar la cuenta aunque tú no quieras? Si las respuestas a estas preguntas son "sí", es altamente probable que le gustes. Pero, cuidado, porque también pueden ser señales de que es un caballero que solo actúa como tal porque así lo aprendió en su casa. Quedará en ti diferenciar si es solo caballerosidad o si, además, está interesado en ti.

♥ **La mirada.** Te mira fijamente, centrando su atención en ti. Te mira un largo rato. Sus ojos parecen sonreír frente a tu presencia. Mira tu cuerpo. ¡Bingo, le gustas!

♥ **Pecho hinchado.** Así como al caminar nosotras, consciente o inconscientemente, movemos las caderas para atraer al sexo opuesto, ellos caminan derecho, con el pecho inflado y los hombros hacia atrás, cuando quieren llamarnos la atención. Es decir: se comportan casi como si fueran modelos de pasarela buscando nuestra aprobación.

♥ **Roces corporales y caricias.** Pueden ser en los brazos, en las manos, hasta un roce sutil en las piernas. Todas son señales concretas de que busca tu cercanía. Si quieres hacerle saber que te gusta lo que hace, solo bastará que le dediques una linda sonrisa.

♥ **Piernas.** Si en todo momento se las ingenia para que estén cerca de ti, como cuando comparten una mesa en un bar, indica que quiere acercarse, ¿será que le gustarás? ¡Seguro que sí!

♥ **Brazos.** Cuando están cruzados indica un distanciamiento: la persona pone una barrera entre ambos que son los brazos. Si están abiertos, en cambio, él te está diciendo que quiere interactuar contigo.

♥ **Manos.** Observa qué hace con ellas; algunas señales de interés son: cuando se las pasa por el pelo, cuando se arregla la camisa o la chaqueta, cuando las tiene para arriba, e inclusive cuando le sudan porque lo pones nervioso.

♥ **Espalda.** Cuando habla con una mujer que lo atrae, suele curvarla para adelante, junto con los hombros y colocarse justo enfrente ella. Si lo hace, es para mostrar que está concentrado solo en ti.

♥ **Sonrisa.** No todas las sonrisas implican que al otro le gustamos, pero esa sonrisa de alegría genuina, por estar contigo, por verte, acompañada por una mirada de frente, es bastante clara. Casi seguro que le gustas.

♥ **Tono de voz.** Suele ocurrir que cuando dos personas se atraen, comienzan a hablar en tono más bajo, casi confesional, ideal para que solo ellos dos escuchen lo que están diciendo. Además, para escuchar un tono de voz bajo hay que acercarse...

♥ **Imita tu lenguaje corporal.** Cuando estamos conectados con alguien, solemos imitar sus movimientos, casi como si fuéramos un espejo de lo que hace el otro. Esto se puede apreciar en fotos de parejas, de amigos y de familiares, entre otras.

♥ **Te pelea.** Te "busca" con temas que sabe que un poquito te ofuscarán. Su objetivo es pelearte un poco, porque eso también acerca a dos personas. "Los que se pelean se aman", reza un antiguo dicho que circulaba por las escuelas cuando un chico y una chica se peleaban frente a la mirada de los otros. En síntesis, no te pelea porque es malo, sino porque quiere llamar tu atención.

♥ **Es generoso.** Te compra regalos de todo tipo: caros, inesperados, originales, creativos, sentimentales, inclusive te fabrica uno o más con sus propias manos. Tal vez sea de los que prefieran escribir unas líneas sentidas, que te desarmarán apenas las leas. Todas son señales que demuestran su interés, pero atención: también puede ser que le gustes como amiga. Está en ti lograr diferenciar una cosa de otra.

♥ **Hace chistes.** ¿Trata de hacerte reír? ¿Saca temas en común que sabe que te arrancarán una carcajada? ¿Hasta es capaz de repetir un chiste solo para que vuelvas a reírte? El humor es clave en la seducción y puede hacer que una cita sea exitosa.

El lenguaje secreto de los tímidos

Si el chico en cuestión es retraído, hay que hacer un esfuerzo más grande para descifrar sus intenciones. Algunas conductas que suelen mostrar los más introvertidos son: sienten vergüenza de mirarte de frente, se tocan constantemente la ropa, el pelo, tamborilean los dedos o mueven las piernas, te escuchan atentamente, pero casi no sueltan palabra, no saben cómo mostrarte que se sienten atraídos y quizá se atrevan a decirte algo en las próximas salidas, o por mensaje de texto o chat. Si el candidato en cuestión vale la pena, te conviene darle tiempo para que tome coraje. Mientras tanto, tómate el trabajo de observar atentamente su lenguaje corporal, su mirada, sus reacciones frente a lo que dices, a lo que haces... ¡Presta mucha atención y pronto lograrás descifrarlo!

Cómo acercarse

Si es tímido y además casi no te conoce, porque apenas han cruzado palabra, entonces puedes empezar a acercarte tú, a ver qué pasa:

• Charla con él, cuéntale cosas de ti, sonríe, salúdalo cada vez que lo veas. Muéstrate accesible así logras captar su atención.

• Poco a poco ve metiéndote en su mundo. Casualmente, puedes aparecer en un lugar donde sepas que te lo vas a encontrar. Si tienen hobbies en común, no olvides mencionarlo. Si te gustan los deportes como a él, dilo. Si él ama el campo y tú también, haz que se entere.

• Una trampita: Si te gusta la misma banda, desliza como al pasar que están por tocar allí, en tu ciudad, y que tú irás con amigos. Y puedes terminar diciendo: "¿Por qué no vienes?". De este modo lo estás invitando a una cita, pero de forma encubierta, sin que lo note, porque tú vas a ir al recital vaya él o no, y así le sacas la presión de que él dé el primer paso para acercarse.

La cita:

 El lugar. Por empezar, debería ser pre-aprobado por tus padres, un sitio que a ustedes dos les guste y donde se sientan cómodos. Si él huye de las multitudes, no es una buena idea llevarlo a un bar muy concurrido. Si a ti, en cambio, no te gusta la música a todo volumen, deberían evitar ir a sitios donde la música sea la estrella del lugar. Lo ideal sería acordar entre ambos, dejando en claro tus gustos, y él los suyos para que luego durante el encuentro, el lugar sea el marco adecuado para que puedan charlar y conocerse tranquilos. Con esa idea en mente, también se recomienda evitar puntos de encuentro donde sabes que van todos tus amigos, o tus hermanos, o tu ex novio... a menos que no te moleste encontrarte con alguno de ellos durante tu cita.

¿Quién paga? Si para ti es importante pagar la mitad o colaborar con una parte de la cuenta, puedes acordarlo antes del encuentro o apenas llegan. Hay chicos que han sido educados para pagar, y no se sentirán cómodos compartiendo el gasto. Y hay otros que, por el contrario, no se sentirán a gusto pagando todo. Otra opción es dejarlo para el final de la cita, aunque con un tercero, un camarero por ejemplo, esperando que le paguen, no van a tener demasiado tiempo para resolverlo.

El horario. Si tienes una hora máxima de llegada a tu casa, díselo de antemano.

El medio de transporte. Si te va a buscar en auto, si tomarán un bus, si irán caminando... Todas cuestiones prácticas que cuando uno es chico conviene arreglar de antemano y así llevar tranquilidad a los padres.

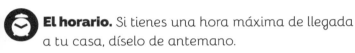

Beso: ¿SÍ O NO?

Una cita puede ser el comienzo de una relación de noviazgo o no. En muchas primeras citas hay besos, es cierto. Pero no es obligatorio. Si él intenta besarte y no te atrae la idea, debes decírselo: la verdad es lo más recomendable en estos casos. Puedes poner alguna excusa, pero lo mejor es decir las cosas con claridad: "no estoy preparada por ahora", "necesito más tiempo", o el motivo que fuera. Si en cambio, te sientes a gusto, entonces está bien que le devuelvas el beso.

Temas de conversación

Si bien no es necesario que sí o sí lleves a la cita temas de conversación preparados, nunca está de más investigar un poco sobre los gustos y hobbies del otro, como para poder conversar sobre esos temas, mostrándole así interés y, aún mejor, hasta impresionarlo con tus múltiples conocimientos.

 Deportes

Puntualmente fútbol, aunque podría ser también tenis o algún otro deporte popular como el básquet. Si tu chico es un futbolero extremo sería bueno que averigües previamente de qué equipo es fan, así evitas hablarle maravillas del equipo que detesta. Saber cómo les está yendo a equipos populares como Boca, River (Argentina), América, Guadalajara (México), Colo Colo, La Católica (Chile), o Flamengo y São Paulo (Brasil), puede ser un buen tema para romper el hielo, y de paso lo dejas que se explaye hablando del último gol de ese jugador que es su ídolo.
¿Le gusta el tenis en cambio? Menciona, como al pasar, a alguno de los que suelen estar en el ranking de la ATP (Asociación de Tenis Profesional) y algún detalle sobre ellos, como Novak (Nole)

Djokovic (le encanta imitar a otros jugadores), Rafa Nadal (tiene varias cábalas como acomodarse el pantalón y peinarse), Juan Martín del Potro (festeja cada tanto como si fuera el último), o Roger Federer (su mujer siempre lo acompaña a los partidos). Quedarás como una reina y él no notará que lo investigaste solo para impresionarlo.

Cine

Averigua qué hay en la cartelera, qué películas están nominadas al Oscar, charla sobre tus actores, actrices y directores favoritos. También puedes recomendarle películas de distintos géneros, y de todos los tiempos, como algunas comedias románticas muy divertidas para ver de a dos, por ejemplo, "El diario de Bridget Jones" o "Cómo perder a un hombre en diez días" (ver listado completo de comedias románticas en página 48).

Chismes

¿Quién puede negarse a escuchar un buen chisme, una historia divertida de gente en común? Siempre y cuando no dañe a alguien, compartir una buena anécdota siempre une.

Música

Conoce sus gustos musicales de antemano. Si es un fanático del rock clásico, si le gusta el hip hop, el reggaetón, el rock nacional, la cumbia. La música es como el fútbol: une o desune. Si a él le gusta el

rock anglo y en cambio tú mueres por el pop latino, más vale ni tocar el tema. Te mirará con cara de reprobación, te ofenderás y nada bueno saldrá de ello.

 ## Televisión + gossip

La serie que estás viendo, la que viste el año pasado, la que se va estrenar, la separación de los famosos. Todos somos expertos en tele y en chismes, y puedes sorprenderte de lo bien que lo pasan hablando sobre todo esto.

 ## Libros

¿Eres fanática de alguna saga? ¡Cuéntaselo! Puede ser que le guste la misma que a ti o que comience a leer la que tú amas, para tener eso en común contigo.

 ## Juegos

Pueden ser los del Facebook como el Candy Crush, Criminal Case, o Dragon City, o juegos de la play, de la Wii, o de donde fuere. Un tema que puede terminar en una próxima cita, con los dos compitiendo a full a ver quién es el mejor.

Anécdotas

¿Quién no ha escuchado alguna vez alguna anécdota divertida sobre una cita? Aquí, algunas historias reales que puedes compartir durante una salida.

La pasé a buscar por su departamento. Yo había tomado mucha cerveza y estaba desesperado por ir al baño. Ella tardó tanto en bajar a abrir la puerta que me terminé haciendo encima. De ahí nos fuimos a un bar. Yo no sabía qué hacer, porque no tenía confianza para decirle lo que había ocurrido, así que me senté rápidamente a la mesa, disimulando, para que no se vieran mis pantalones mojados, y no le dije nada. Ella no se dio cuenta de lo que pasaba. Nos pusimos de novios y recién hace muy poco le conté esta historia. Lloraba de la risa mientras me escuchaba.

MAURO

Era mi primera salida con él. Estábamos en un bar
donde te regalaban palomitas de maíz. Hablábamos
sin parar y yo comía palomitas sin parar también.
Al rato, me atraganté con una que me quedó en
el medio de la garganta. No podía hablar, así
que levanté la mano para pedir ayuda y él fue
corriendo a traerme un vaso con agua. Un poco más
tarde, me volví a atragantar y volvió a traerme
un vaso con agua. En mi defensa debo decir que
las palomitas estaban llenas de sal y por eso
me ahogaba. Esa fue la primera salida de una
relación que duró unos cuatro años.

VICTORIA

Nos habíamos hecho amigos y un poco más que amigos
por teléfono, en una época en la que aún no se usaba
mucho el chat. Luego de un mes de hablar todos
los días, decidimos conocernos. Fue verle la cara
por primera vez y saber, al instante, que no me
gustaba ni un poquito. Tuvimos una charla breve,
al cabo de la cual argumenté que estaba con dolores
menstruales y por eso me iba a ir. Huí de allí lo más
rápido que pude. Al llegar a casa noté que me había
olvidado la chaqueta. Tuve que volver a buscarla
y ahí estaba él, sentado con otra chica que tenía mi
chaqueta en los hombros. La tomé sin decir nada
y volví a huir. Nunca supe nada más de él. Mejor.

LAURA

Había salido algunas veces con una chica y la verdad es que no estaba convencido de seguir con ella, mucho no me gustaba, pero no sabía cómo quitármela de encima. Hasta que se me ocurrió. La invité a casa de unos amigos y me hice el que estaba borracho y mis amigos me festejaban todo. La chica miraba azorada. Al cabo de un rato se sintió tan incómoda que decidió irse. Estuve inmaduro, egoísta, mal tipo, lo sé, pero nunca más la volví a ver, tal como era mi objetivo.

ANDRÉS

Salimos a cenar por primera vez, y apenas nos sentamos, le sonó el celular. Era su ex novia, me explicó. A los cinco minutos, le volvió a sonar el móvil, otra vez era su ex novia que lo llamaba desde la puerta del restaurante. El salió y los gritos de ambos empezaron a escucharse en el local. Los mozos salieron a ver qué pasaba y en la confusión aproveché para tomar mis cosas e irme. Al día siguiente me llamó y me pidió disculpas, diciéndome que iba a empezar una terapia. No me interesó, jamás lo volví a ver.

AGUSTINA

Citas:

LOS SÍ Y LOS NO

Hay ciertos códigos y conductas que ayudan a que una salida de a dos sea exitosa, y hay otros comportamientos, en cambio, que conviene evitar para que una cita no sea un fracaso. La siguiente lista te puede servir para que tu primera salida y las próximas sean un éxito.

LOS SÍ

✓ **Sé tú misma.** Es importante que te muestres como realmente eres, porque si no lo haces, él puede llevarse una imagen equivocada de ti y le puedes gustar por cosas que no son ciertas. Ejemplo: si odias el fútbol, no te hagas pasar por una fanática del deporte, que conoce de memoria todos los pormenores del campeonato que se está jugando. Piénsalo así: si estas primeras salidas pasan a ser luego una relación, entonces te molestará si todos los fines de semana insiste con mirar el partido por TV o ir juntos a la cancha.

✓ **Comparte tus gustos con él y muestra interés por los suyos también.** Si tu pasión es el canto, la jardinería o el cine, es recomendable que lo hagas participar de tu mundo. Nada supera a una chica segura de ella misma, que tiene claro qué le gusta y se atreve a contarlo.

✓ **Utiliza el humor.** Pocas cosas acercan más a dos personas que una risa compartida, un chiste que ambos disfrutan, una historia que termina con carcajadas a dúo. Ya lo dijo un señor llamado Victor Borge (comediante, conductor y pianista danés): "el humor es la distancia más corta entre dos personas".

✓ **Confía en ti.** Antes de una cita, es bastante común que te mires al espejo y quieras cambiar mil cosas a último momento. Concretamente, puede pasar que te veas fea, que no te guste la imagen que proyectas o la ropa que terminaste eligiendo. No solo te retrasarás si te cambias de *outfit* de nuevo dos minutos antes de que te pase a buscar, sino que el resultado final no diferirá en nada. Este es el momento ideal para mirarte al espejo, con una actitud positiva, gustarte y aceptarte a ti misma. Recuerda que la confianza en uno mismo es muy seductora.

✓ **Sé puntual.** Si no te gusta que te tengan esperando media hora sola en un bar, en la calle o donde fuere, tampoco se lo hagas a nadie. Es una falta de respeto hacia el otro y no está bien visto. Si por algún motivo vas a llegar tarde, avísale de antemano. Si en cambio es él quien se demora, pregúntale luego qué le pasó y explícale que no te gusta esperar, así no vuelve a ocurrir.

✓ **Sé demostrativa.** Si te gusta el suéter que lleva, dilo. Si se cortó el pelo, halágalo. Si su chaqueta le queda bien, menciónalo. Este tipo de comentarios lo harán sentir valorado y más seguro de él mismo, y en consecuencia, la salida saldrá mucho mejor porque se sentirá cómodo en tu presencia.

✔ **Muéstrate segura, pero no avasallante.** Seguramente tu madre te ha dicho más de un millón de veces: "camina derecho, levanta el cuello, no camines como el Jorobado de Notre Dame". Bueno, ahora es el momento de ponerlo en práctica. Aquí no es cuestión de caminar como modelo de pasarela, pero tampoco como un jugador de fútbol cansado y cabizbajo luego de perder un campeonato. Un punto intermedio sería ideal.

✔ **Disfruta el momento.** El chico que tienes enfrente puede ser una gran persona, pero no ser tu tipo de hombre. O puede ser muy bonito, pero poco inteligente, ¡y encima aburridísimo! O tal vez es tu tipo de chico, y estás en el momento justo en el lugar indicado... Sea cual fuere la respuesta, respira hondo y disfruta el momento; están en un lindo lugar, te has "producido", te has animado a salir de tu casa para compartir este momento con él. ¡Todo eso es positivo! Y así, vas ganando experiencia en este nuevo mundo que se abre ante tus ojos, un mundo donde hay chicos por todos lados y tú lo experimentas, poco a poco, y empiezas a dar los primeros pasos, ya no como niña, sino como mujer.

Recuerda: las primeras citas son un ensayo, siempre podrás modificar lo que no te gustó de ti, lo que no salió bien. Ya tendrás más oportunidades de sumergirte en este camino con total seguridad, la misma seguridad que estas experiencias te irán dando.

✗ No contestes mensajes de texto ni llamadas, salvo que sea algo urgente o tus padres. Nada más feo que intentar hablar con alguien que le presta más atención a su teléfono móvil que a uno. Si eres de recibir muchos mensajes y/o llamados, deja el celular en modo vibración y problema resuelto.

✗ Cuida tus "tics" y tus "tocs". Evita tocarte o acomodarte el pelo todo el tiempo, o comerte las uñas, o tamborilear los dedos sobre la mesa, o mostrar esas pequeñas obsesiones que causan gracia a tus amigas pero que conviene ocultar por lo menos en un principio. Ejemplo: si tu ritual es contar cuánta gente hay en un lugar, o cuántos elementos hay en la mesa, o cualquier otra cuestión similar que puede resultar cuanto menos llamativa para una primera cita, evítalo, al menos por ahora.

✗ No hables sin parar. Seguramente estarás un poco alterada, o nerviosa ante la situación de cita, pero... ¡cuidado! Los hombres huyen de las mujeres que hablan como loros y no los dejan meter ni un bocado en la conversación. Pregúntale a tu papá a ver qué te dice sobre esto.

✗ Además de no hablar sin parar, es importante que no lo interrumpas cuando él lo esté haciendo. Si te está contando (¡por enésima vez!) sus hazañas deportivas, déjalo que se explaye. Nada le gusta más a un chico que ser escuchado atentamente, en particular cuando menciona sus logros deportivos o comparte historias que lo pintan como el héroe de la película.

✗ No le cuentes de ese vecinito que te gustaba cuando eras chica, ni le des detalles de tu primer beso, o de tu primer novio, si es que ya tuviste uno. A ellos no les gusta escuchar este tipo de cosas, se ponen celosos, incómodos, y son datos que no suman nada a una primera cita.

✗ No les digas a tus amigos dónde será esta primera cita (recuerda que tus padres sí deben saberlo de antemano). Siempre puede haber algún amigo/a que "justo pasaba por allí" y entra a saludarte, y cuando quieras acordarte, se va a sentar allí entre tu chico y tú, y de paso, si lo dejan, ¡hasta se pedirá una hamburguesa completa con papas fritas! No hace falta decir cuán incómoda puede resultar esta situación tanto para él como para ti.

✗ No uses ropa incómoda. Deja esos pantalones súper apretados o esa mini híper corta para otra ocasión. Piensa que todavía no tienes la suficiente confianza con él, y no querrás estar bajándote la falda cada dos minutos o sentirte sin margen de movimiento porque los pantalones te tienen atrapada.

✗ No te súper "produzcas". No hace falta que te eches todo el vestuario encima, que te maquilles exageramente o que te pongas medio frasco de perfume. Recuerda que, en general, ellos prefieren el look natural y está bueno mostrarte cómo realmente eres (Ojo: tampoco es cuestión de que te vayas vestida con la ropa del colegio o con la que practicas deportes, la clave pasa por encontrar un look intermedio).

✗ No comas ni bebas mucho antes o durante la cita. No querrás sentirte pesada o tener que ir al baño cada dos minutos.

✗ No le cuentes toooodo de ti. No es necesario que conozca todos tus defectos, errores, o miedos desde el minuto cero. Es simple: jamás se recomienda mostrar todas las cartas en un primer encuentro, porque es cuando la magia debe actuar, cuando conviene mostrarse encantadores, pero sin exagerar; naturales, pero sin mentir. La idea es atraer, seducir, ser un buen vendedor de uno mismo, sin mentiras ni exageraciones, pero tampoco mostrar los puntos débiles y quedar completamente al descubierto.

✗ Si estás en un bar, por ejemplo, no te intereses más por lo que pasa en la mesa de al lado que por lo que pasa en la tuya. Por más que la charla de al lado sea más entretenida o el chico más bonito, es de muy mal gusto dejar a tu interlocutor "pintado", es decir hablando solo y sin prestarle atención.

✗ No mientas. Esto que parece una obviedad, muchas veces no lo es. Si te pregunta si tienes novio y te acabas de pelear con él, dilo. Si tus padres no te dejan llegar más allá de las 12 de la noche, también dile la verdad. La primera cita debería ser algo relajado, un lindo momento cuando se mire a la distancia, no un mal recuerdo de tu mamá llamándote cada dos minutos, porque no le dijiste adónde ibas ni con quién salías.

X Y por último: no seas áspera, no maltrates a tu cita, por más que al final te des cuenta de que no es la persona que creías que era. Si él no llegara a portarse bien, siempre hay formas educadas para hablarlo y remediarlo, sin traspasar el límite del respeto. Y si la cosa llegara a mayores, **recuerda dos cosas: 1)** Un "no" dicho a tiempo y con firmeza, evita situaciones incómodas y/o peligrosas. **2)** Siempre cuentas con el apoyo de tus padres (o de las personas que tú elijas para ese rol), para que vayan a rescatarte de una mala cita.

Jugando a imaginar

Ahora sí, la cita terminó. Te despides de él en la puerta de tu casa y arreglan para verse... ¡al día siguiente! Estás exultante, agradecida, feliz como nunca antes te habías sentido. Esta es una alegría distinta, nueva, indescriptible... Sientes cosquillas en la panza, hueles su fragancia en el aire, tienes su rostro grabado en tu cabeza... Lógico: ¡Acabas de tener la primera cita de tu vida y salió genial!

Respiras profundo, abres la puerta de tu casa y... ¡oh, sorpresa! Está toooda tu familia (más los tíos lejanos, esos que solo ves en Navidad) esperándote para escuchar los detalles de la salida "con el inútil". En otro momento te hubieras enojado, pero tu buen humor puede más que cualquier otra cosa. Podría decirse que hasta tienes ganas de compartir tu experiencia con ellos. Te quitas la chaqueta, te estás por sentar, pero justo alguien llama a la puerta. Te asomas, esperanzada, pensando que es él, que se olvidó algo. Con voz de locutora, preguntas: −¿Quién es?

−¡Hola, diosa, soy yo, Pablito!

−(¡¡¡¿¿¿Qué, cómo???!!!) Ooooommmmm...

Sí, es mejor que te acostumbres. Una vez que sales con un chico, los otros, inclusive esos que hasta el momento ni te registraban, comenzarán a llover a tu alrededor. La diferencia es que ahora tienes nuevos recursos para enfrentar cada salida y ya sabes que la primera cita nunca pierde su magia. ¡Bienvenida a este nuevo mundo!

Bonus Track

PELÍCULAS RECOMENDADAS

Para aprender más sobre el mundo de las citas, sobre el amor, los encuentros y desencuentros entre hombres y mujeres, y de paso divertirte mucho, toma nota de estas comedias románticas que son imperdibles.

★ ★ ★

Cuando Harry conoció a Sally (1989)

Una de las mejores comedias románticas de la historia del cine. Harry y Sally son viejos conocidos de la universidad que no se volvieron a ver y, varios años más tarde, se reencuentran en la ciudad de Nueva York, ambos treintañeros y recién separados de sus respectivas parejas. Entre ellos surge una entrañable amistad condimentada con mucho humor, incluida una escena memorable de una cita conjunta, donde él le presenta su mejor amigo a ella y ella le presenta su mejor amiga a él. Pero sale todo mal... O bien, según cómo se mire. Solo resta decir que es una película que hay que ver sí o sí.

El Casamiento de Muriel (1994)

Descontenta con su vida, Muriel suele encerrarse en su habitación a soñar con una vida mejor, mientras escucha una y otra vez sus canciones favoritas de ABBA. Insegura, frágil, solitaria, e hija mayor de una familia disfuncional, decide tomar "prestado" un dinero que llega a sus manos e invertirlo en comenzar una nueva vida. Se dará el gusto de viajar, encontrará una gran amiga, y acaso vivirá su sueño más preciado, que es casarse... cueste lo que cueste. Pero claro, antes de dar el sí, es importante pasar por todas las experiencias previas: aprender a quererse a ella misma, conocer chicos, tener citas... Una comedia dramática que es una gran lección de vida y a la vez es muy entretenida. Recomendada para mayores de 16 años.

★ ★ ★

Ni idea (1995)

Cher es una chica frívola, preocupada por la ropa, su aspecto, sus uñas y no mucho más, pero detrás de esa "cabecita hueca" hay una excelente hija, amiga y futura novia. Dueña de un gran corazón, ella se encarga de cuidar a su papá, a sus amigos, y hasta de convertir a una chica marginal en una de las más populares. Mientras tanto y luego de algunos tropiezos y citas fallidas, ella misma empezará a encontrar su propio camino en el amor.

Tienes un e-mail (1998)

Ella es adorable, simpática, querible, y dueña de una pequeña librería infantil que heredó de su abuela, pero que cada vez vende menos. Él es un empresario adinerado y poderoso que –¡justo!– abre una sucursal de una importante cadena de librerías casi al lado de la tienda de ella. En la vida real, se odian, se llevan como perro y gato, pero en medio de esta "guerra de libreros", se conocen por chat, se gustan, se divierten charlando, sin que ninguno de los dos sospeche la verdadera identidad del otro. Hasta que deciden conocerse personalmente, sin imaginar la sorpresa que los espera. ¿Podrán remontar el hecho de que ninguno de los dos es quien el otro suponía y que en realidad, son enemigos en los negocios? Una comedia tierna interpretada por una dupla genial: Meg Ryan y Tom Hanks, también protagonistas de otro título inolvidable del género: Sintonía de amor (Sleepless in Seattle), del año 1993.

★ ★ ★

10 razones para odiarte (1999)

Un chico gusta de una chica. Pero hay un problemita: el papá de ella solo le permitirá tener citas cuando su hermana mayor también empiece a salir con chicos. Esto no será sencillo porque la hermana en cuestión es malísima y no le interesa salir con varones. Para pensar y también para divertirse mucho.

El diario de Bridget Jones (2001)

Bridget es una chica divertida, soltera, buena amiga, hija única de padres que la vuelven loca y bastante torpe. No tener pareja la preocupa y muere por conocer al hombre de su vida y formar una pareja feliz. En el proceso, claro, le pasarán las mil y una, desde engancharse con un jefe tan inescrupuloso como seductor, hasta encontrar, acaso, al hombre adecuado. En el medio, vivirá decepciones, alegrías, citas varias. Una película ideal para ver con amigas y reírse mucho. La secuela de la esta película, Bridget Jones: Al borde de la razón, es igualmente entretenida y recomendable para ver en grupo.

★ ★ ★

Cómo perder a un hombre en diez días (2003)

Andie Anderson es una periodista de una revista femenina. Para escribir una nota sobre "cómo perder a un hombre en diez días", decide experimentar el tema en la vida real y para ello, elige como víctima a un ejecutivo lindo, exitoso, con quien ensayará cada una de las cosas que no hay que hacer en las primeras citas, cuando se quiere seducir a un hombre. El problema surge cuando el amor empieza a colarse entre estos dos divertidos personajes. Ideal para aprender sobre los sí y los no en las citas.

50 primeras citas (2004)

Hablando de citas, esta es la historia de cómo Henry Roth, un biólogo marino de Hawaii, tiene que lograr interesar y conquistar a una mujer todos los días de su vida, inclusive cuando ya están juntos, casados y con hijos, porque ella, Lucy, tiene una pérdida de memoria que le impide recordar lo pasado apenas 24 horas atrás. Como cada día es un nuevo comienzo, también lo es para él que debe ingeniárselas para mostrarse interesante, divertido y seductor, para hacer sonreír a su amada Lucy un día más.

★ ★ ★

Mi novia Polly (2004)

Recién separado y aún despechado por la reciente infidelidad de su esposa, Ruben, un hombre esquemático, conservador, hasta un poco aburrido, se reencuentra con una ex compañera de escuela, Polly. Ella es justamente todo lo contrario a él: es divertida, impredecible, arriesgada, justo lo que él necesita para poner su mundo patas para arriba. Tienen varias citas, las cosas empiezan a ponerse más serias, pero, ¿podrán dos seres tan distintos llevar adelante una relación?

Hitch, especialista en seducción (2005)

Él es un especialista en citas que les enseña a los hombres cómo deben comportarse con las mujeres, qué deben decir y qué no, cómo vestirse, cómo bailar, en definitiva, cómo resultar imprescindibles e inolvidables para las damas. En su intento por ayudar a un nuevo cliente, se cruzará con una sensual periodista que lo deslumbrará, y entonces se dará cuenta de que, en realidad, no sabe nada sobre el complicado mundo de las citas y menos aún sobre el amor.

★ ★ ★

(500) días juntos (2009)

Summer es una chica que no cree demasiado en el amor. Tom, en cambio sí, y además se enamora perdidamente de ella. Tienen varias citas, comparten algunos gustos, se conocen, se enamoran, se distancian... Una película que cuenta la historia de un chico y una chica a lo largo de 500 días de relación.

Simplemente no te quiere (2009)

Gigi está desesperada por encontrar el amor. Pasa horas
frente al teléfono esperando que la llame el último chico
con el que salió. Inventa excusas mentales sobre por qué
no la llama, hasta que se hace amiga de un barman
que le explica algo muy sencillo: cuando un chico no
aparece es, simplemente, porque no está interesado. Esta
y otras historias componen la trama de esta comedia
romántica donde el amor, las salidas, los desencuentros,
las separaciones y las reconciliaciones se pueden ver
en todas sus formas.

★ ★ ★

Esto es la Guerra (2012)

Inteligente, bonita, Lauren conoce a dos hombres el
mismo día y empieza a salir con ambos. Lo que no sabe
es que ellos son amigos y que además trabajan en la CIA.
Ellos son: el mujeriego FDR Foster, y Tucker, un hombre
separado que quiere volver a apostar al amor. Cuando
estos se enteran de que están saliendo con la misma
mujer, primero se lo toman bien, pero en seguida empiezan
a competir, de manera brutal, por conquistarla. ¿Quién
ganará el corazón de Lauren?

Para conocerte mejor

TESTS

TEST 1

¿ESTÁS PREPARADA PARA TENER CITAS?

1 Admites que te gustan los varones, quieres salir y conocerlos, charlar, divertirte, y pasar un lindo momento de a dos.

a Alguna vez creí que sí, pero ya no. Es demasiado estresante.

b A veces.

c Sí, claro

2 Te sientes segura de ti misma, sabes qué cosas quieres y aceptarías, y cuáles no.

a Todavía no me conozco tan a fondo.

b Hay días que me siento "la mejor", pero otros me siento todo lo contrario.

En general sí.

3 Cuando te habla un chico que te parece lindo...

 Te pones colorada, apenas puedes balbucear un "hola" y seguir tu camino, y dejas al otro con la palabra en la boca.

 Algunas veces te cuesta vencer la timidez y conversar con naturalidad, otras te sale sin problema.

 Le contestas y la charla se pone divertida.

4 Te invitó al cine un compañero de escuela. Lo quieres como amigo, pero no te gusta, y no sabes cómo excusarte sin herirlo.

 Le dices que sí pero nunca apareces a la cita y cuando te llama para ver qué te pasó, no lo atiendes.

b Primero le dices que sí, luego que no. Después te arrepientes, y vuelves a decir que sí, y sales, aunque en realidad te terminas dando cuenta de que no tenías ningún interés en salir con él.

 c Para no lastimarlo, inventas una excusa creíble y se la dices. Problema resuelto: no saldrás con él.

 5 Arreglas una salida con un chico del club. Están tomando algo en un bar y a los pocos minutos te das cuenta de que es un desubicado, que intenta besarte sí o sí por más que tú no quieres, ¿qué haces?

a Le devuelves el beso, aunque en realidad no quieres, y esperas que con eso conforme y no te pida nada más.

 b Te ríes, nerviosa, sin saber qué hacer y luego te largas a llorar desconsoladamente porque la situación te supera.

 c Le dices que vas al baño, y desde allí llamas a tus padres y les pides que te vayan a buscar ya mismo.

6 Te empieza a llamar el ex novio de tu mejor amiga. En seguida te empieza a seducir, a decir cosas lindas, a invitarte a salir, a mandarte mensajes a toda hora. ¿Cómo lo manejas?

a Le dices que sí, lo citas en tu casa y también a su ex, es decir, a tu mejor amiga. Se encuentran los tres y tu amiga se pone a llorar al darse cuenta de que su ex está interesado en ti.

b Por momentos te dan ganas de salir con él, te suena sincero, aunque sabes que no es lo ideal porque está tu amiga de por medio.

c Al tercer, cuarto llamado, ya no lo atiendes más, hasta que se canse de llamarte.

7 Entiendes que los chicos, a veces, pueden ser infantiles, inmaduros, y sabes diferenciar un chiste de una falta de respeto.

a La última vez que un chico me dijo algo feo, le escupí la bebida.

No creo que puedan ser inmaduros, para nada.

c Sí, claro, tengo hermanos, primos, amigos. Conozco cómo piensan y actúan los chicos.

8 Sales con el primo de tu amiga Laura, pero después de un rato te das cuenta de que no te atrae, no es tu tipo. Entonces:

 Le dices que te vas al baño, pero en realidad, sales del lugar por la puerta trasera, camino a tu casa, dejándolo solo, sin explicación alguna.

b Le empiezas a mostrar poco interés, a bostezar y a mirar el reloj, hasta comienzas a entornar los ojos, como si te fueras a dormir allí mismo.

c Usas la estrategia preacordada, que es avisarle a tu mamá que te pase a buscar más temprano y listo; no hay forma de que se ofenda si ve que ella te pasa a buscar.

RESULTADOS

Mayoría de respuestas A:

Está clarísimo que no estás para nada preparada.
No tienes verdaderos deseos de tener citas,
de conocer gente, no estás abierta a ello, y
probablemente sea porque aún no llegó tu momento
de pasar por esa experiencia. Además, nunca
hay que hacer algo, como besar a un chico, por
obligación. Pero a no preocuparse, todo llega y lo
que no puedas enfrentar hoy, seguramente lo podrás
hacer mañana. Date el tiempo necesario y entonces
sí, cuando te sientas segura y con ganas de salir
del cascarón, ¡prepárate para lo que vendrá, que
seguramente será bueno y abundante!

Mayoría de respuestas B:

Estás justo en un punto intermedio. Por momentos
te dan curiosidad los varones, quieres salir con
alguno y tener citas, pero no pareces estar del todo
lista. La timidez parece ser, en tu caso, el principal
obstáculo. Es decir, quieres pero todavía no puedes.
En el medio te surgen dudas, le dices al otro que
sí, que lo ves, luego que no. Lloras cuando una
situación se te torna inmanejable. Sugerencia:
trata de sentarte a pensar qué es lo que realmente
quieres y qué te impide lograrlo. Haz ejercicios para
vencer la timidez, como saludar a gente a la que

habitualmente no saludas y conversar con personas conocidas con las que no sueles charlar. En poco tiempo te sentirás mucho más segura y con mayor confianza para volver a intentarlo.

Mayoría de respuestas C:

Eres segura de ti misma, reconoces que te gustan los chicos, eres capaz de mantener conversaciones con ellos sin problemas. Además, sabes decir que no a lo que no te gusta, y tienes la inteligencia emocional para resolver situaciones adversas. Conoces la mentalidad de los varones, porque estás acostumbrada a relacionarte con ellos y eso te coloca en una situación privilegiada. Estás más que preparada para tener citas.

TEST 2

¿LA SALIDA CON ÉL SERÁ EXITOSA... O NO?

1 Ya tienes experiencia en citas anteriores.

a He salido varias veces con chicos que me invitaron.

b Es la segunda vez que tengo una cita.

c Soy tímida, así que no tengo experiencias previas.

2 Ya lo conoces lo suficiente como para salir con él.

a Verdadero.

b Falso.

c No sabe, no contesta.

3 Tienen varias cosas en común.

a Verdadero.

b Algunas cosas en común.

c Muy pocas.

4 Es un caballero, tiene buenos modales.

a Siempre.

b Supongo que sí.

c Los buenos modales no son su fuerte.

5 Te tomaste el tiempo de averiguar cosas sobre él, por ejemplo, conoces sus gustos, sus proyectos, sus amigos...

a ¡Por supuesto!

b No conozco demasiado sobre él.

c No me interesa tomarme el trabajo.

RESULTADOS

Mayoría de respuestas A:

Estás preparada, lo conoces bien, tienes experiencia en citas, y encima tienen gustos en común. ¡Ah! Además es un caballero... ¿Qué estás esperando para salir con este chico? Las oportunidades se dan una sola vez en la vida...

Mayoría de respuestas B:

Estás preparada para salir con él... a medias. Esto quiere decir que la salida puede salir tanto bien, como mal. Pero, si le pones ganas, voluntad, si te esmeras en escucharlo, en conocerlo un poco más, seguramente pasarán un lindo rato juntos; sea el adecuado para ti, o no. A veces es solo cuestión de disfrutar el momento y de estar abierta a conocer gente nueva.

Mayoría de respuestas C:

Es casi una obviedad decir que no estás para nada mentalizada para salir con él. Más aún: ni siquiera tienes demasiadas ganas de conocerlo y menos de tener una cita. Sabes muy poco sobre sus gustos, aparentemente tienen pocos en común y no te vas a tomar el trabajo de descubrirlos. Consejo: no salgas, espera a que aparezca un chico que te interese un poco más.

TEST 3

¿CÓMO SABER SI LE GUSTAS?

1 Apenas te ve...

 a Te saluda con un beso rápido en la mejilla, casi no te mira, y comienza a contestar un mensaje en su celular.

 b Te observa de arriba hacia abajo y con una sonrisa en la cara, te dice: "estás muy bonita".

 c Se pone nervioso, no te mira a los ojos, y durante los primeros minutos le cuesta pronunciar palabra.

2 Se sientan a tomar algo en el bar de su amigo y entonces:

 a Llama al amigo a la mesa, lo invita a sentarse, apenas te lo presenta, y se quedan hablando durante más

de diez minutos mientras
tú miras el techo.

b Saluda a su amigo a lo lejos,
casi con indiferencia, luego
te clava la mirada y te dice:
"qué bueno que finalmente salimos
solos".

c Te suelta: "no sé qué pedir
para tomar, ¿por qué no me pides tú
algo, mientras yo paso un minuto
por el baño?".

3 **Te pregunta sobre tu vida, sobre tus
amigos, sobre tus hobbies.**

a Le empiezas a contar que tu gran
pasión es el canto, que estudias
desde los 6 años, te interrumpe
y te dice en serio, no en broma:
"¿tú cantas? La verdad, no lo veo
posible, para nada".

b Te escucha atentamente y te pide,
te ruega, que le cantes algo y no
para hasta lograrlo.

c Te escucha, pero no hace contacto
visual, y no te pregunta nada sobre
el tema.

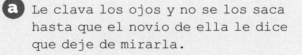 **Pasa la chica más linda del colegio
y se sienta, ¡justo!, en la mesa de al lado.**

 Le clava los ojos y no se los saca
hasta que el novio de ella le dice
que deje de mirarla.

 La mira y comenta: "linda chica,
pero tú eres mucho más bonita
que ella".

 Se siente incómodo, la mira
un segundo, luego a ti, y así
sucesivamente.

 **La cita ya terminó, estás camino a tu casa
y te llega el siguiente mensaje:**

 "Muy aburrida, última vez que la veo".

b "Qué bien lo pasamos, espero verte
pronto, muy pronto, ¿puedes
mañana?".

c Te manda un Smile y el siguiente
texto: "que duermas bien".

RESULTADOS

Mayoría de respuestas A:

¡Huye! Este chico está más interesado en él que en ti o en cualquier otra chica. No es un caballero y encima remata la salida mandándote, equivocadamente, un SMS donde dice que eres aburrida. Hay gente que es mejor perderla que encontrarla. Este es el caso.

Mayoría de respuestas B:

Claramente le gustas y no hace más que darte señales de que así es. Te halaga, te observa atentamente, disfruta la posibilidad de estar contigo a solas, quiere saber todo sobre tu vida y tus gustos, y volver a verte cuanto antes. ¡Está muy interesado en ti!

Mayoría de respuestas C:

A este chico pareces interesarle, aunque no sea muy claro en sus actos. Se pone nervioso cuando te ve, a tal punto que ni se atreve a pedirle algo al mozo. Te manda mensajes de texto, pero no es muy jugado. Pareciera ser un típico caso de timidez. Tendrás que investigar para ver qué le pasa realmente contigo.

TEST 4

SALIDAS GRUPALES... SEÑALES CONFUSAS. ¿ESTÁ REALMENTE INTERESADO EN TI?

1 Van al teatro con un grupo de amigos. ¿Qué hace él?

a No te habla en toda la noche, pero te manda un par de SMS divertidos.

b Luego de la función se las ingenia para caminar al lado tuyo y charlar unas palabras.

c Se sienta al lado tuyo y antes de que empiece la obra te obsequia unos chocolates.

2 Es su cumpleaños.

a Te saluda atentamente al llegar y al irte. En el medio lo pierdes

de vista y te enteras de que está
con su ex novia.

 Te recibe con una sonrisa,
a lo largo de la noche conversan
en algunos momentos, y además
te presenta a sus amigos y amigas
para que te integres.

c Te ofrece algo para beber,
te saca a bailar apenas suena
la música. Al final se despide
y te dice en el oído: "gracias
por compartir este día conmigo,
fue el mejor cumpleaños de mi vida".

3 Es tu cumpleaños. Como son amigos, él:

a Te manda un regalo a través de su
hermana. Es un libro y tiene
una tarjeta que dice: "Feliz
cumpleaños".

b Te obsequia un voucher para
que compres por un alto valor
en tu tienda de ropa favorita
y te manda un SMS donde te dice:
"¡Feliz cumpleaños, bonita!".

 Se aparece de sorpresa en tu casa
con dos regalos: un CD grabado

con tu música favorita y un peluche
de Marge, tu personaje preferido de
los Simpson, con una tarjeta
que dice: "Para mi Marge, muy feliz
cumpleaños, un beso enorme".

 4 **Te lo encuentras en una reunión de amigos
en común.**

 a Te saluda a lo lejos. Al rato
se acerca y te dice: "esto está muy
aburrido, nos vamos con mis amigos,
a una fiesta, nos vemos".

 b Viene, te presenta a una amiga
y se quedan los tres charlando
juntos casi toda la noche. Se lo ve
cómodo, suelto.

 c Desde la otra punta de la sala te ve
llegar y te manda un mensajito:
"¡Hola! Qué bueno que pudiste
viniste. Estás muy guapa".

 5 **Publicas una foto con tu hermana en
Facebook. Él escribe allí:**

a ¡Qué linda tu hermana! ¿Cuándo me
la presentas?

b ¡Qué bonitas están las 2!

c ¡Cada día estás más linda!

RESULTADOS

Mayoría de respuestas A:

Es un chico que le gusta caer bien a las chicas,
es bastante seductor, juguetón, pero no es para
tomártelo en serio. Seguramente le gusten varias. No
parece ser confiable o tener un interés particular en ti.

Mayoría de respuestas B:

Alguna intención contigo parece tener, porque
te compra regalos caros, te presta atención, pero
no queda claro si te quiere como amiga o te mira
con otros ojos. Presta mucha atención a las señales
encubiertas, a su lenguaje corporal, a su mirada
(ver página 27). Algo se trae este chico entre manos,
algo está tramando, la pregunta es: ¿qué está
planeando?

Mayoría de respuestas C:

Está claramente interesado en ti, y hace todo por
demostrártelo. Cuando tiene la ocasión, se te acerca,

te habla, te dice cosas bonitas, te halaga. Parece estar muy seguro de lo que le pasa contigo, ¿será así? ¡Anímate a seguir conociéndolo!

¿CÓMO FUERON TUS RESULTADOS?

TEST 1:

TEST 2:

TEST 3:

TEST 4:

Describe tu primera cita:

AGRADECIMIENTOS

A Cristina Alemany, por la confianza y el apoyo.
A mis amigos: Adriana, Laura, Evelina, Luz,
Virginia, Valeria, Stella, Ximena y Juan.

Índice

Georgina Dritsos nació en Buenos Aires,
Argentina. Es periodista, comunicadora
y Community Manager, especializada
en temáticas de jóvenes y adolescentes,
y en temas femeninos. Ha escrito en medios
gráficos como *Clarín*, *Luna*, y revista *Txt*,
entre otros. Fue subeditora de la revista
Luna Teen y se desempeñó como redactora
y editora de distintos medios gráficos
de editoriales como Atántida, Perfil y
Capital Intelectual. Actualmente
es Jefa de Prensa de V&R Editoras.

¡Tu opinión es importante!

Escríbenos un e-mail a
miopinion@vreditoras.com
con el título de este libro en el "Asunto".

Conócenos mejor en:

www.vreditoras.com

f facebook.com/vreditoras

f facebook.com/misprimerascitas